Las Hadas Arco Iris

Título original: *Fern, the Green Fairy*
Adaptación de la portada: Departamento de diseño
de Random House Mondadori

Primera edición: junio de 2005
Segunda edición: enero de 2006
Tercera edición: mayo de 2006
Cuarta edición: julio de 2007
Quinta edición: junio de 2008
Sexta edición: agosto de 2011

Publicado originariamente en el Reino Unido por Working Partners, Ltd., 2003

Printed in Spain – Impreso en España

ISBN: 978-84-8441-270-0
Depósito legal: B. 30.232-2011

Compuesto en Fotocomposición 2000, S. A.
Impreso y encuadernado en Liberdúplex, S. L. U.
Sant Llorenç d'Hortons (Barcelona)

GT 1 2 7 0 9

Hiedra, el hada verde

Escrito por Daisy Meadows

Ilustraciones de Georgie Ripper

Traducido por Estrella Borrego

Montena

El palacio
del Reino de
las Hadas
Laberinto
Bosque
Huerto
Puchero
negro
Pradera
Torre
Playa
Acantilados
Isla Aguamágica

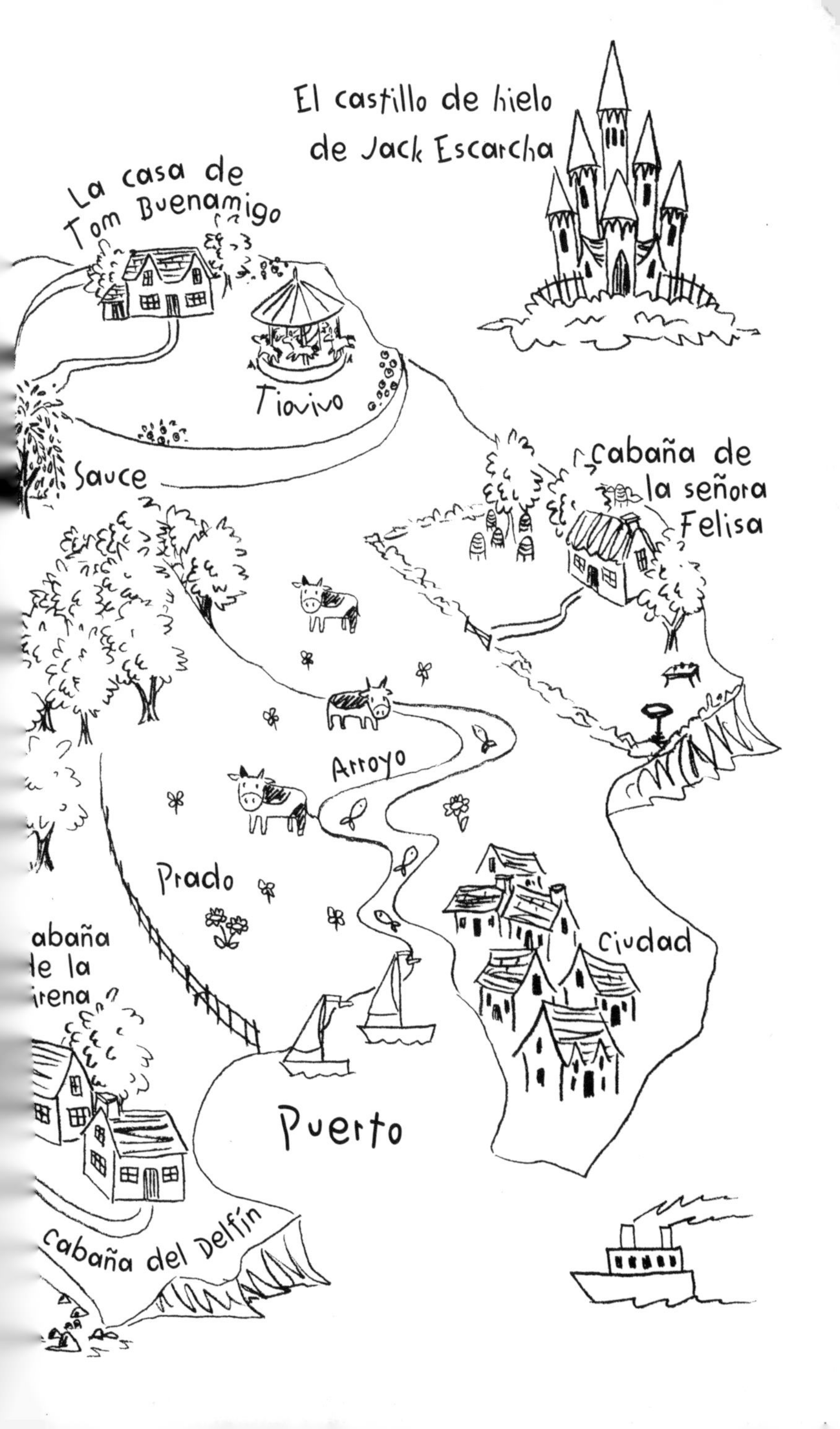
El castillo de hielo
de Jack Escarcha
La casa de
Tom Buenamigo
Tiovivo
Sauce
cabaña de
la señora
Felisa
Arroyo
Prado
abaña
le la
irena
Ciudad
Puerto
cabaña del Delfín

Soplan vientos gélidos que forman un glaciar.
Esta tormenta conjuro contra las hadas.
Hasta los siete confines del mundo mortal
el Arco Iris Mágico se replegará.

Maldigo cada rincón del Reino de las Hadas
con una ola de hielo de mi mano de escarcha.
Ahora y siempre, desde este día fatal,
su reino será frío y gris, por siempre jamás.

Rubí, Ámbar y Azafrán ya están fuera de peligro. ¿Conseguirán Raquel y Cristina liberar también a **Hiedra, el hada verde?**

Índice

El jardín secreto

—¡Cielos! —Raquel miraba boquiabierta a su alrededor—. ¡Qué lugar tan estupendo para una comida campestre!

—Es un jardín secreto —dijo Cristina Tate emocionada.

Estaban de pie en medio de un enorme jardín. Parecía como si nadie hubiese entrado allí en mucho tiempo.

Rosas de hermosos colores crecían al pie de los árboles, perfumando el aire con su dulce fragancia. Estatuas de mármol se alzaban aquí y allá, medio escondidas entre las hiedras trepadoras. Y custodiando el jardín, una torre de piedra en ruinas.

—Alguna vez existió aquí un castillo llamado la Rueca de la Luna —dijo el señor Walker leyendo su guía—. Pero hoy día solo permanece en pie la torre.

Raquel y Cristina se quedaron mirando la torre. Las piedras amarillentas brillaban bajo los cálidos rayos del sol. Estaban cubiertas de un musgo suave y verduzco. En lo alto de la torre había una ventanita cuadrada.

—Es como la torre de Rapunzel —dijo Cristina—. ¿Crees que podríamos subir a lo más alto?

—¡Podemos intentarlo! —dijo Raquel entusiasmada con la idea—. Me gustaría explorar el jardín entero, ¿puedo, mamá?

—Sí, claro —sonrió la señora Walker—. Tu padre y yo prepararemos algo de comer —dijo abriendo la cesta de la comida—. Pero no tardéis mucho, ¿de acuerdo, chicas?

Raquel y Cristina se apresuraron en busca de la puerta. Cristina tiró con fuerza del tirador. Pero la puerta estaba cerrada.

Raquel estaba decepcionada.

—¡Qué lástima! —exclamó.

Cristina dio un suspiro.

—Sí, tenía la esperanza de que Hiedra, el hada verde, estuviera ahí dentro.

Raquel y Cristina tenían un secreto. Estaban ayudando a encontrar a las siete hadas Arco Iris antes de acabar sus vacaciones en la isla Aguamágica. Las hadas habían sido arrojadas fuera del Reino de las Hadas por un hechizo del malvado Jack Escarcha, y desde entonces el Reino de las Hadas había perdido los colores. Solo cuando las hadas regresaran a casa, el reino volvería a lucir tan bello y brillante como siempre.

—¡Hiedra! —Raquel llamó en voz baja al hada—. ¿Estás por aquí?

—Aquí... aquí... aquí... —respondió el eco de su voz sobre las rocas.

Raquel y Cristina aguantaron la respiración y esperaron. Pero no oyeron nada, salvo el rumor del viento entre las hojas de los árboles.

—Este es un lugar tan especial —dijo Cristina—. Tengo la sensación de que hay algo mágico aquí. —Luego, con la voz entrecortada, señaló una enredadera—. ¡Raquel, mira!

Raquel miró. Una corona de grandes hojas de un verde brillante crecía cubriendo el muro, quedando tan solo un pequeño círculo de piedras al descubierto.

El corazón de Raquel comenzó a latir con fuerza.

—¡Es como un círculo mágico! —exclamó mientras corría alrededor de la torre para verlo más de cerca. Y a punto estuvo de caerse al pisarse uno de los cordones de las zapatillas.

—¡Cuidado! —dijo Cristina sujetándola del brazo. Raquel se sentó en una piedra llena de verdín para atarse los cordones.

—Todo está cubierto de verde —dijo mirando la exuberante hierba que había a su alrededor y las hojas de los frondosos árboles—. Hiedra debe de estar cerca, estoy segura.

—Pues tendremos que encontrarla rápidamente —dijo Cristina—. Antes de que lo hagan los duendes de Jack Escarcha.

Jack Escarcha ha enviado a sus duendes a Aguamágica. Quiere que estos impidan a las hadas Arco Iris regresar al Reino de las Hadas.

—¿Por dónde empezamos a buscar? —preguntó Raquel, y se puso de nuevo de pie.

Al verla Cristina se echó a reír.

—Te has llenado la ropa de verdín —dijo.

Raquel se dio la vuelta para mirarse el trasero. Los bolsillos de su falda estaban manchados de verde.

—Debe de ser el musgo de la roca —gruñó mientras se lo sacudía con la mano.

Un polvillo verde flotaba en el aire, pero con la luz del sol de la mañana, comenzaba a brillar y despedir destellos. Luego, al caer al suelo se convirtió en diminutas hojas verdes que desprendían un agradable olor, como el del césped recién cortado.

Raquel y Cristina se miraron y exclamaron a la vez:

—¡Polvos mágicos!

¿Dónde está Hiedra?

—Hiedra está aquí —dijo Cristina.

—Menos mal que me he ido a sentar en esa piedra llena de polvos mágicos —dijo Raquel.

Las dos amigas dieron varias vueltas a la torre, miraron entre los arbustos y dentro de las flores de dulce fragancia. Mientras caminaban iban llamando a Hiedra. Pero el hada verde parecía no estar donde ellas pudieran encontrarla.

—¿Crees que la habrán atrapado los duendes? —preguntó Raquel con preocupación.

—Espero que no —respondió Cristina—. Estoy segura de que Hiedra estuvo aquí, pero ahora está en algún otro lugar.

—Sí, pero ¿dónde? —Raquel miró a su alrededor desesperada.

—Quizá nos ayudaría si fuéramos capaces de descubrir algo mágico —dijo Cristina sin perder el ánimo.

Miró las pequeñas hojas que tenía a sus pies. Algunas de ellas ahora flotaban por el jardín.

—Ya sé, vamos a seguir el rastro de los polvos mágicos.

Las hojas brillantes flotaban en el aire por encima de un sendero estrecho que conducía hasta un hermoso huerto. Entre los árboles había manzanos, perales y ciruelos.

—Es un rastro mágico —exclamó Cristina entusiasmada.

—Rápido, vamos a seguir el caminito que dibujan los polvos mágicos —sugirió Raquel.

Raquel y Cristina se pusieron en marcha siguiendo el rastro de polvo verde que rodeaba los árboles frutales.

De pronto el caminito se abría en un extenso claro. Raquel puso los ojos como platos cuando vio lo que se alzaba delante.

—¡Un laberinto! —gritó.

Frente a ellas, se desplegaban anchos y tupidos muros de seto, con suaves hojas que crujían con el viento.

Raquel dio un codazo a Cristina para llamar su atención.

—Mira, el rastro del hada se adentra en el laberinto.

—Tenemos que seguir —dijo Cristina muy valiente.

Las dos niñas siguieron el rastro de las hojas cruzando la entrada. Cristina se asustó un poco al ver cómo el rastro de polvo conducía a un lado y a otro por entre los setos recortados.

¿Y si el rastro se termina y no saben luego cómo salir del laberinto?

—Quizá encontremos otra pista en medio del laberinto —dijo Raquel alentadora.

—¡O quizá esté Hiedra allí! —añadió Cristina.

Giraron otra esquina del laberinto y, de pronto, la forma de los setos parecía revelar el centro del laberinto donde se alzaba un avellano.

El rastro de polvos mágicos llegaba hasta el pie del árbol, y allí se acababa.

—¡Hiedra debe de estar ahí! —dijo Raquel entusiasmada.

Cristina frunció el ceño y miró a su alrededor:

—Sí, pero ¿dónde?

¡Toc! ¡Toc! ¡Toc!

Las chicas dieron un respingo.

—¿Qué es eso? —susurró Raquel.

Y de nuevo oyeron: ¡Toc! ¡Toc! ¡Toc!

Cristina abrió bien los ojos.

—Viene de allí —exclamó señalando el avellano.

—Espero que no sea una trampa de los duendes —suspiró Raquel.

¡Toc! ¡Toc! ¡Toc!

El ruido se hacía cada vez más fuerte. Despacio, Raquel y Cristina se acercaron al tronco del árbol. Al principio no creyeron ver nada fuera de lo normal.

Luego Raquel apuntó hacia un hueco en el tronco.

—¿Habías visto alguna vez una ventana en un árbol? —preguntó asombrada.

En el tronco del avellano, a la altura de sus ojos, había un hueco pequeño, y parecía cerrado por un cristal, ¡como si fuera una ventana!

Cristina puso la mano encima para tocar el cristal. Estaba húmedo y frío.

—¡No es cristal! —dijo—. ¡Es hielo!

Las dos amigas se acercaron un poco más y miraron dentro.

De pronto vieron algo moverse detrás de la ventana de hielo. Cristina vio una niña diminuta vestida de verde brillante.

—¡Raquel, la hemos encontrado! —exclamó llena de alegría—. ¡Es Hiedra, el hada verde!

Perdidas en el laberinto

Hiedra saludó a las niñas a través del cristal de hielo. Abría y cerraba la boca, pero Raquel y Cristina no pudieron oír una palabra de lo que decía. El hielo era muy espeso.

Raquel parecía preocupada.

—Debe de hacer mucho frío ahí dentro —dijo—. Tenemos que sacarla cuanto antes.

—Podríamos romper el hielo con un palo —dijo Cristina. Luego frunció el cejo—. Pero Hiedra podría resultar herida.

Raquel se quedó pensando.

—Podríamos derretir el hielo —dijo.

—¿Cómo? —preguntó Cristina.

—Así —respondió Raquel. Levantó el brazo y presionó con la mano contra el cristal de hielo.

Cristina hizo lo mismo. El hielo estaba muy frío, pero ellas mantuvieron sus manos calientes encima.

Pronto, unas gotas de agua comenzaron a deslizarse por el cristal.

—Se está derritiendo —dijo Raquel—. Ahora podemos hacer un agujero en el hielo.

Con mucho cuidado, se puso a picar con el dedo en el centro de la ventanita, hasta que el hielo comenzó a crujir.

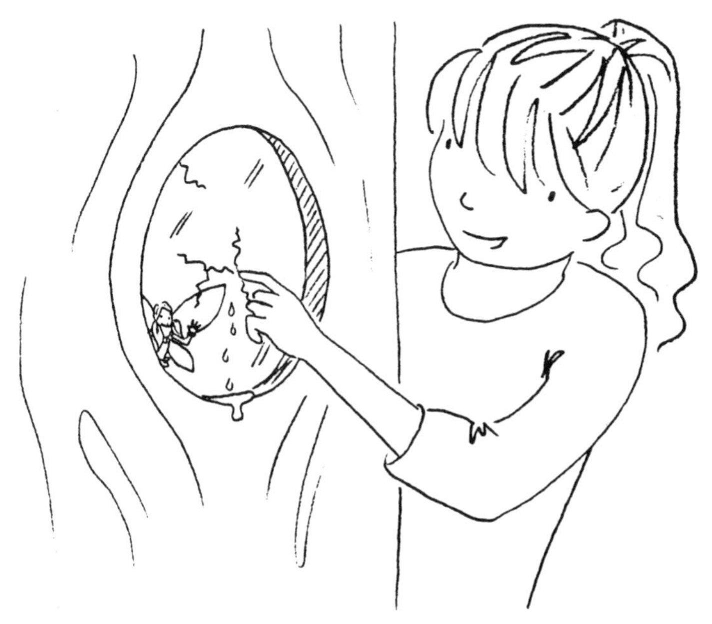

—No te preocupes, Hiedra —gritó Cristina—. Enseguida te sacaremos de ahí.

De pronto se oyó un fuerte crujido y el hielo se resquebrajó. Una nube de polvo de hada se desprendió del interior, dejando tras de sí una agradable fragancia a hierba recién cortada. Y Hiedra, el hada verde, se abrió camino entre los trozos de hielo, sus alas estaban mustias. Llevaba una camiseta de color verde brillante, con unos adornos en forma de hojitas en el cuello y en la cintura. En sus diminutos pies calzaba unas botas de duendecillo, y lucía pendientes y un colgante con la forma de una minúscula hoja. Llevaba el pelo largo y castaño, recogido en dos coletas, y su delgada varita era verde esmeralda con motas doradas.

—Hace ta-ta-taaanto frí-í-o —dijo el hada tiritando. Luego revoloteó ligeramente y se posó en el hombro de Cristina.

—Deja que te caliente un poco —dijo Raquel. La niña cogió al hada entre sus manos y la sostuvo con suavidad mientras le soplaba.

El cálido aliento de Raquel empezó a surtir efecto. Hiedra dejó de tiritar, y sus alas se estiraron ligeramente.

—Gracias —dijo—. Ya me siento mucho mejor.

—Hola, yo soy Raquel y esta es Cristina —le explicó Raquel—. Estamos aquí para llevarte al puchero del final del Arco Iris.

—Rubí, Ámbar y Azafrán te están esperando allí —añadió Cristina.

—¡Están a salvo! —exclamó—. ¡Es genial!

Hiedra despegó de la mano de Raquel formando una llamarada de un verde resplandeciente y dio una voltereta en el aire de lo contenta que estaba.

—¿Pero y mis otras hermanas?

—No te preocupes, las encontraremos a todas —le dijo Cristina—. ¿Cómo acabaste encerrada detrás de esa ventana de hielo?

—Cuando aterricé en Aguamágica, quedé atrapada en la enredadera de la torre —explicó Hiedra—. Conseguí desatarme, pero los duendes de Jack Escarcha intentaron cazarme. Corrí a refugiarme en el laberinto y me escondí en el tronco de este avellano. Pero estaba lloviendo, y cuando los duendes pasaron por delante, el agua se heló y me quedé encerrada en el hueco del árbol.

De pronto, Raquel sintió un escalofrío.

—Está refrescando —dijo mirando al cielo. El sol había desaparecido detrás de una nube y soplaba una repentina brisa helada.

—Los duendes están cerca —murmuró Cristina asustada.

Hiedra asintió.

—Sí, creo que deberíamos salir de aquí lo antes posible —dijo con calma—. ¿Sabéis el camino de vuelta, verdad?

Raquel y Cristina se miraron con preocupación.

—No estoy segura —dijo Cristina frunciendo el ceño—. ¿Y tú, Raquel?

Raquel negó con la cabeza.

—No, pero podemos buscar el rastro de polvos mágicos que hemos seguido para llegar hasta aquí, nos conducirá hasta la entrada del laberinto.

Cristina miró a su alrededor.

—¿Dónde está el rastro de polvos mágicos? —preguntó.

Una brisa helada soplaba a su alrededor. Las hojitas habían volado y desaparecido delante de sus propios ojos.

—¡Oh, no! —exclamó Cristina al darse cuenta—. Y ahora ¿qué hacemos?

De pronto oyeron un ruido de pasos aproximándose a través del laberinto.

—¡Sé que el hada está por aquí! —gruñía alguien con voz fuerte y malhumorada.

Hiedra, Raquel y Cristina se miraron sin saber qué hacer.

—¡Los duendes! —murmuró Raquel alarmada.

El hada y las niñas oían horrorizadas cómo los duendes se iban acercando. Al igual que otras veces, no dejaban de pelearse entre sí.

—¡Vamos! —bufaba con enojo un duende—. No podemos permitir que se vuelva a escapar.

—Deja de darme órdenes —se quejaba el otro—. Voy tan deprisa como puedo.

Luego se oyó un golpe, ¡POM!, sonaba como si uno de los duendes se hubiese caído.

—Si no tuvieras los pies tan grandes, no te tropezarías con ellos —se burlaba el primer duende.

—¡Son lo bastante grandes como para darte un patadón en el trasero! —gritó el otro duende.

—Vamos a ocultarnos dentro del árbol —murmuró Hiedra a Raquel y Cristina—. Os haré tan pequeñas como yo, así podremos escondernos debajo de una hoja.

Rápidamente se elevó en el aire y esparció sobre las chicas sus polvos mágicos. Raquel y Cristina lanzaron un grito de sorpresa cuando vieron que estaban encogiendo, más y más.

¡Era tan emocionante!

Hiedra les dio la mano a sus amigas.

—¡Vamos! —dijo, y las tres revolotearon en el aire hasta alcanzar una rama.

En el árbol crecían unas enormes avellanas color marrón, tan grandes como albóndigas. Incluso la ramita más pequeña a las niñas les parecía gruesa como el tronco de un árbol. Hiedra levantó la punta de una hoja, que pesaba tanto como un mantel, y las tres se escondieron debajo.

Al cabo de un momento, los duendes aparecieron delante del árbol.

—¿Dónde puede estar el hada? —gruñó uno de ellos—. Sé que vino por aquí.

Los dos se pusieron a buscarla al pie del árbol.

—¿Cómo vamos a regresar al puchero? —susurró Raquel al oído de Hiedra.

Hiedra sonrió.

—No te preocupes. Creo que conozco a alguien que nos ayudará. —Y señaló detrás de ellas.

Raquel y Cristina se giraron para mirar. Un cara gris y peluda les observaba tímidamente desde detrás de una rama. Era una ardilla.

—Hola —saludó Hiedra en voz baja.

La ardilla dio un salto y se escondió detrás del tronco. Luego asomó de nuevo la cabeza, mirándolas con sus ojillos curiosos.

—A lo mejor quiere una avellana —sugirió Cristina.

Junto a ellas había una avellana grande y brillante. Alargó los brazos para alcanzarla, pero no pudo arrancarla ella sola. Raquel y Hiedra fueron a ayudarla. Entre las tres tiraron de la avellana hasta que, de golpe, se desprendió de la rama.

Hiedra se la ofreció a la ardilla.

—¡Qué rica avellana! —dijo.

La ardilla corrió con ligereza por la rama, moviendo su larga cola peluda. Agarró la avellana entre sus patas delanteras.

—¿Cómo te llamas? —le preguntó Hiedra con amabilidad.

—Soy Pelusa —dijo la ardilla mientras mordisqueaba la avellana.

—Yo soy Hiedra —dijo el hada—. Y estas son mis amigas, Raquel y Cristina. Necesitamos escapar de los duendes. ¿Nos ayudarás?

Al oír esto, a Pelusa se le pusieron los pelos de punta.

—No me gustan los duendes —dijo.

—No dejaremos que te hagan daño —le prometió Hiedra acariciando su cabeza—. Nos puedes dar un paseo sobre tu lomo. Tú puedes saltar de seto en seto más rápido que nosotras. Tenemos que salir cuanto antes de este laberinto.

—Sí, os ayudaré —afirmó Pelusa tragándose el último bocado de avellana.

Raquel, Cristina y Hiedra se subieron a lomos de la ardilla. Cristina pensó que era como acurrucarse dentro de una enorme manta bien mullida.

—¡Es fantástico! —exclamó Hiedra arrebujándose en el pelo de la ardilla—. ¡Adelante, Pelusa!

La ardilla se dio media vuelta y corrió por la rama. Raquel, Cristina y Hiedra se agarraron con fuerza al espeso pelo de Pelusa cuando esta dio un salto por encima de las cabezas de los duendes. Aterrizó suavemente sobre el seto más próximo. Los duendes estaban tan ocupados peleándose que ni siquiera se dieron cuenta.

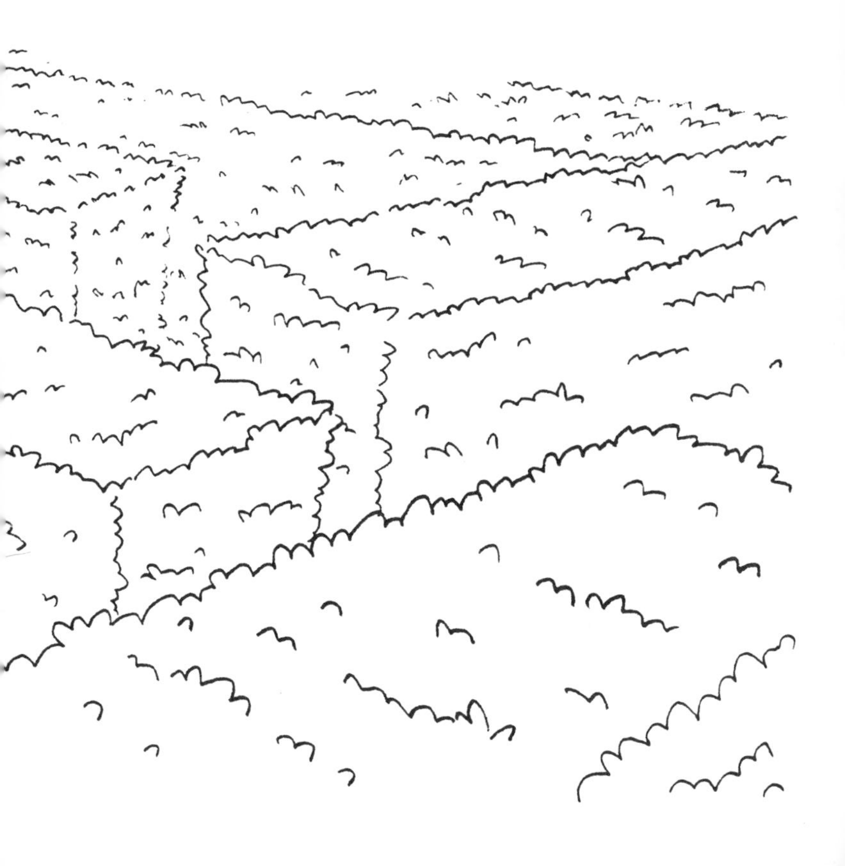

Hiedra gateó hasta la oreja de la ardilla.

—Bien hecho, Pelusa. ¡Vamos hasta el siguiente!

Raquel tragó saliva cuando vio lo lejos que estaba el siguiente seto.

—Quizá Pelusa necesite un poco de magia para seguir —dijo.

—No, ¡qué va! —respondió Hiedra brillándole los ojos verdes de la emoción—. ¡Lo hará bien!

Pelusa dio un salto en el aire. Planeó en el vacío y aterrizó sin problema sobre el siguiente seto. Raquel y Cristina se sonrieron. ¡Qué emocionante! Viajar sobre Pelusa era un tanto agitado pero su pelo era blandito como un cojín. La ardilla se movía deprisa, enseguida dejaron atrás a los duendes.

—Ya hemos llegado —dijo Hiedra cuando, por fin, Pelusa llegó al final del laberinto—. Ahora, ¿hacia dónde vamos, chicas?

Raquel y Cristina se miraron desconcertadas.

—Este no es el camino que recorrimos para entrar —dijo Raquel—. Desde aquí no sé cómo llegar al puchero, ¿y tú, Cristina?

Cristina negó con la cabeza.

Hiedra empezó a preocuparse.

—Pero tenemos que encontrar el puchero —dijo.

—¡Raquel! —Cristina tenía una idea—. ¿Qué te parece si buscamos en nuestras bolsas mágicas?

—¡Bien pensado! —afirmó Raquel.

Titania, la reina de las hadas, les había dado dos bolsas con objetos mágicos por si alguna vez los necesitaban. Las niñas las llevaban encima dondequiera que fueran.

Pelusa gateó deprisa por el seto hasta tocar suelo firme; entonces Raquel, Cristina y Hiedra se bajaron de su lomo. Cristina abrió la mochila y miró dentro. Una bolsita brillaba con una intensa luz plateada.

—¿Qué será lo que hay dentro? —dijo Cristina al mismo tiempo que la sacaba.

Dentro había un tubo verde, delgado, cubierto de luminosas estrellas doradas.

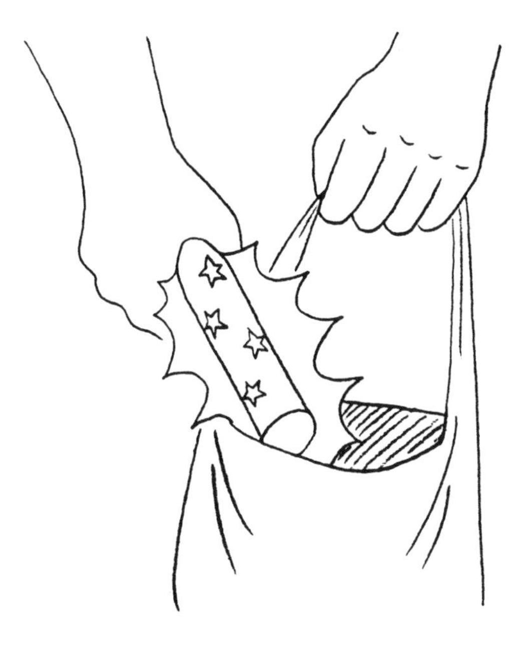

—Parece una bengala de fuegos artificiales —dijo Raquel—. Con eso no se puede hacer mucho, ¿no creéis?

—Es una bengala mágica —dijo Hiedra excitada—. Si la lanzamos al cielo, mis hermanas la verán desde el puchero y podrán enviarnos ayuda.

—¿Pero y los duendes? —preguntó Raquel—. ¿No la verán ellos también y descubrirán dónde estamos?

Hiedra se quedó pensativa.

—Nos arriesgaremos —dijo.

Cristina clavó la bengala en un agujero de la tierra, luego ella y Raquel se alejaron. Hiedra revoloteó sobre la bengala y flotó sobre ella. Tocó con su varita la parte de arriba y rápidamente volvió junto a las chicas.

Raquel y Cristina aguantaron la respiración mientras la bengala se iluminaba. De pronto, con un fuerte silbido el cohete salió disparado hacia el cielo, dejando una estela de centellas verdes tras de sí. Subió muy alto, casi no se veía, cuando de pronto... explotó en una lluvia de estrellas esmeralda. Las estrellas escribieron las siguientes palabras:

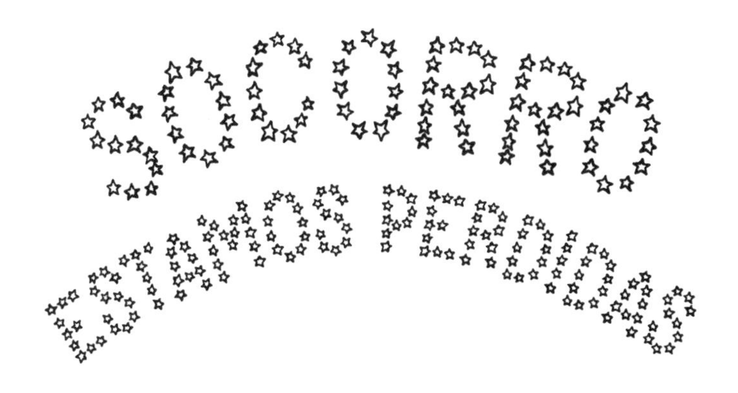

Las estrellas parpadearon en la oscuridad del cielo antes de desaparecer.

—No tendremos que esperar mucho —dijo Hiedra—. Pronto vendrán a ayudarnos.

Raquel y Cristina se preguntaban qué ocurriría a continuación. ¿Cómo podrían venir las hadas en su ayuda? Se suponía que no debían abandonar el claro del bosque donde se escondía el puchero, ya que si lo hacían, los duendes podrían encontrarlas. De pronto, detrás de ellas, las hojas de un arbusto comenzaron a moverse.

—¿Has visto la bengala de las hadas? —gritó una voz ronca—. Venía de aquí cerca. Date prisa, antes de que esa hada se vuelva a escapar.

¡Bravo, erizo!

Raquel y Cristina se miraron preocupadas. También Pelusa parecía asustada. Los duendes les seguían de nuevo la pista.

—Se acercan a nosotras —murmuró Raquel al oír las voces mucho más fuertes.

—No te preocupes —dijo Hiedra sonriendo—. Mis hermanas enviarán ayuda enseguida.

Poco después, Raquel vio una hilera de parpadeantes luces doradas acercarse a través de los frutales.

—¿Qué es eso? —susurró.

—¿Es la magia de los duendes? —preguntó Cristina alarmada.

Hiedra las tranquilizó:

—¡Son luciérnagas! Mis hermanas las envían para que nos muestren el camino al puchero.

De pronto se oyó otro grito procedente del laberinto.

—¡Mira!, ¿qué son esas luces de allí?

—¡Los duendes han descubierto las luciérnagas! —exclamó Raquel.

—¡Rápido, Pelusa! —dijo Hiedra mientras todas subían de nuevo a lomos de la ardilla—. ¡Sigue a las luciérnagas!

Los puntitos dorados danzaban entre los árboles. Pelusa iba corriendo detrás de ellos al mismo tiempo que los duendes salieron del laberinto.

—¡Ahí está el hada! —gritó uno de ellos señalando a Hiedra—. ¡Detén a esa ardilla!

—¡Vuelve aquí! —gruñó el otro duende al ver cómo huía Pelusa.

Raquel, Cristina y Hiedra se agarraron con todas sus fuerzas al pelo de Pelusa mientras la ardilla saltaba de un lado a otro tratando de escapar de los duendes. Pelusa escaló veloz por el tronco más próximo. A punto estaba de saltar al siguiente, cuando oyó que alguien la llamaba desde abajo.

—¡Hola!

—¿Quién es? —preguntó Raquel.

Las niñas miraron al suelo. Un erizo estaba de pie junto al tronco del árbol.

—Hola —volvió a saludar—. Los animales del jardín secreto hemos oído que tenéis problemas y nos gustaría ayudaros.

—¡Oh, gracias! —dijo Hiedra. Luego se encogió al oír a los dos duendes entre los árboles.

—¿Dónde ha ido esa ardilla? —gruñó uno de ellos.

Deprisa Pelusa dio un salto hasta el siguiente árbol. Los duendes gritaban con rabia y enfado mientras se apresuraban a alcanzarlas. En ese momento, el erizo se hizo una bola y rodó en dirección a ellos. Raquel pensó que parecía un balón de fútbol lleno de púas.

—¡Au, au! —aullaron de dolor los dos duendes—. ¡Nuestros pies!

Raquel y Cristina no pudieron aguantarse la risa al ver a los duendes dando saltos de un lado a otro con un pie en alto.

—¡Bravo por el erizo! —gritaron las niñas.

Mientras Pelusa saltaba de un frutal a otro, la luz de las luciérnagas que iban detrás comenzó a extinguirse.

—Eh, ¿quién ha apagado las luces? —gritaron los duendes que aún estaban frotándose la planta de los pies—. ¿Por dónde se supone que tenemos que ir?

—Y yo qué sé, estúpido —gruñó el otro duende.

Sus voces se oían cada vez más lejos a medida que Pelusa se apresuraba por el jardín.

—¡Gracias, luciérnagas! —gritó Hiedra diciendo adiós con la mano a los pocos puntitos de luz que se veían—. Ahora solo necesitamos encontrar el camino hasta el muro del huerto. No debemos estar muy lejos del puchero.

—Yo puedo ayudaros —susurró una voz suave.

Un cervatillo estaba de pie bajo el árbol. Le cubría el cuerpo una capa de pelo marrón claro, corto y sedoso, y miraba hacia arriba con sus grandes ojos oscuros.

—¿Quieres decir que puedes ayudarnos a encontrar el camino hasta el muro del huerto? —dijo Cristina.

—Sí, yo puedo —afirmó el cervatillo moviendo la colita—. Conozco un atajo.

El cervatillo se puso a trotar entre los árboles con sus largas patas. Pelusa lo siguió, saltando de rama en rama sobre la cabeza del ciervo.

Raquel casi no podía respirar de la emoción. Estaba montada sobre la espalda de una ardilla, y un cervatillo les mostraba el camino hasta el puchero del final del Arco Iris.

Poco después llegaron al muro de ladrillo que rodeaba el huerto. Pelusa se posó de un salto en lo más alto del muro, y Raquel y Cristina observaron con impaciencia el paisaje que se extendía frente a ellas. Al otro lado del muro había un arroyo, y más allá el bosque.

—¡Mira! —gritó Raquel—. ¡Ahí es donde está el puchero!

Cristina y Raquel le dieron las gracias al cervatillo. Él bajó los ojos con timidez, movió sus largas pestañas y se fue trotando alegremente.

Un mirlo de lustrosas plumas negras estaba sentado sobre un muro un poco alejado del camino. Dando saltitos se acercó a las niñas, movió la cabeza a un lado y dijo:

—Estoy aquí para llevaros al puchero del final del Arco Iris. Pasajeros a bordo.

Pelusa vio con tristeza cómo Hiedra, Raquel y Cristina se deslizaban por su espalda y subían a lomos del mirlo. Tuvieron que apretarse un poco, pero las plumas del pájaro eran muy suaves y sedosas en comparación con el pelo de Pelusa.

—Adiós, Pelusa —dijo Raquel, y le lanzó un beso. Le daba mucha pena dejar allí a su nueva amiga.

El mirlo remontó el vuelo.

—Busca el sauce gigante —dijo Raquel al mirlo mientras este sobrevolaba el prado.

—Estoy deseando ver de nuevo a mis hermanas —dijo Hiedra con voz emocionada.

El mirlo voló por encima del bosque y aterrizó en el claro que había junto al sauce. Raquel, Cristina y Hiedra se apearon de un salto.

—¿Quién está ahí? —se oyó croar a alguien con severidad.

Una rana de cuerpo verde y rollizo salió de un salto de detrás de las colgantes ramas del árbol.

—¡Bertram, soy yo! —exclamó Hiedra.

Rápidamente el hada hizo un movimiento en el aire con su varita y Raquel y Cristina recuperaron su tamaño normal.

—¡Señorita Hiedra! —exclamó Bertram muy contento—. ¡Por fin está aquí!

—Hemos seguido a las luciérnagas —dijo Hiedra abrazándose a la rana—. Gracias por enviarlas.

—Vimos los fuegos artificiales en el cielo —explicó Bertram—, así supimos que teníais problemas. Pero aquí estarás a salvo. El puchero está escondido al pie del sauce.

Raquel y Cristina se dieron prisa en apartar a un lado las largas ramas que cubrían el puchero del final del Arco Iris.

De pronto, del interior del puchero empezó a manar una lluvia de polvos mágicos rojos, naranjas y amarillos. Rubí, Ámbar y Azafrán aparecieron volando y con caras de emoción y alegría. Detrás de ellas zumbaba Reina.

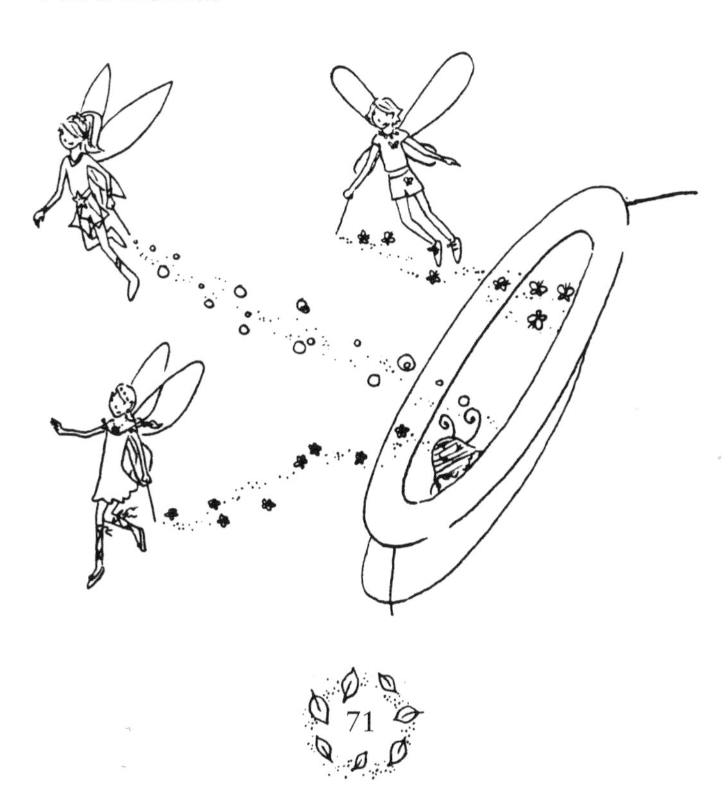

—¡Hiedra! —gritó Rubí—. ¡Estás a salvo! ¡Qué alegría verte aquí!

Raquel y Cristina sonreían complacidas al ver a las hadas abrazarse felices. El aire se llenó de una explosión de flores rojas, hojas verdes, diminutas mariposas amarillas y burbujas naranjas.

—Te hemos echado mucho de menos —dijo Azafrán. La abeja, a su lado, le dio un golpecito con su antena—. Oh, disculpa, Reina —dijo Azafrán—. Esta es mi hermana, Hiedra.

Reina zumbó un saludo.

—¿Cómo habéis conseguido llegar tan rápido? —preguntó Ámbar—. Hace muy poco que hemos enviado las luciérnagas.

—Nos han ayudado nuestros amigos del bosque —dijo Hiedra despidiendo con la mano al mirlo que se alejaba volando—. Especialmente Pelusa, la ardilla. —Al recordar a su amiga, Hiedra suspiró—. ¡Qué pena que no haya podido venir con nosotras!

Rubí se echó a reír.

—Entonces, ¿quién está ahí? —preguntó señalando un árbol al otro lado del claro.

Raquel y Cristina miraron hacia allí. Pelusa estaba observándolas, escondida detrás del tronco, con timidez.

—¡Pelusa! —Hiedra voló hasta ella y la abrazó—. ¿Qué estás haciendo aquí?

—Estaba preocupada por vosotras —explicó Pelusa—. Solo quería asegurarme de que habíais llegado bien hasta el puchero.

—¿Por qué no te quedas con nosotras? —preguntó Ámbar—. Podrías vivir en el sauce, ¿te gustaría?

—¡Me encantaría! —exclamó Pelusa.

Rubí se volvió hacia Raquel y Cristina.

—Gracias —dijo—. No sé qué haríamos sin vosotras.

Hiedra se posó suavemente sobre el hombro de Raquel. Una de sus alas le acarició la mejilla, fue como si le hubiera rozado una mariposa.

—Os volveremos a ver muy pronto, ¿verdad?

—Sí, claro que sí —prometió Raquel.

—Solo falta encontrar tres hadas Arco Iris —dijo Cristina.

Las dos amigas se cogieron de la mano y se despidieron de las hadas antes de marcharse.

—Tenemos que regresar con nuestros padres, Raquel, o empezarán a preocuparse por nosotras.

—Buena idea, vamos —dijo Raquel—. Más vale que nos demos prisa, o mi padre se zampará él solo toda la comida.

Las Hadas Arco Iris

Rubí, Ámbar, Azafrán y Hiedra
ya han sido encontradas. Ahora Raquel
y Cristina deben buscar a

Celeste, el hada azul

Un mensajero mágico

—¡El agua está muy caliente! —se reía Raquel Walker.

Estaba sentada en una piedra, remojando sus pies en una de las charcas azul transparente de Aguamágica. Cerca de allí, su amiga Cristina Tate buscaba caracolas entre las rocas.

—Ten cuidado, no te vayas a escurrir, Cristina —dijo la señora Tate, que estaba sentada en la playa con el señor Walker.

—¡Tranquila, mami! —respondió Cristina. Se estaba contemplando los pies descalzos en el agua cuando vio moverse un alga. Debajo había algo de color azul brillante—. ¡Raquel! ¡Ven a ver esto! —exclamó Cristina.

Raquel se acercó hasta donde estaba Cristina.

—¿Qué ocurre? —preguntó.

Cristina señaló el alga.

—Ahí debajo hay algo azul —dijo—. Me pregunto qué será...

—¿Crees que es Celeste, el hada azul? —preguntó Raquel con impaciencia.

Jack Escarcha ha usado sus poderes para desterrar del Reino de las Hadas a las siete hadas Arco Iris. Ahora están escondidas en algún lugar de la isla Aguamágica. El Reino de las Hadas no tendrá color hasta que estas no regresen. Raquel y Cristina le han prometido al rey y a la reina del Reino de las Hadas que les ayudarían a encontrarlas.

El alga se volvió a mover.

A Raquel se le iba a salir el corazón por la boca.

Lee la continuación de

Celeste, el hada azul

y descubre la magia que esconden las algas...

por Daisy Meadows

Rubí, el hada roja
Está sola en la isla Aguamágica... hasta que Raquel y Cristina prometen rescatar a sus hermanas Arco Iris.
Ámbar, el hada naranja
Está atrapada en un lugar insólito. ¿Podrá una pluma de ave ayudar a rescatarla?
Azafrán, el hada amarilla
Se encuentra en una trampa pegajosa. ¿Cómo podrán liberarla Raquel y Cristina?
Hiedra, el hada verde
Está hundida en un hoyo lleno de hojas. Hay que resolver un misterio para salvarla.
Celeste, el hada azul
Tiene problemas con burbujas. ¿Les podrá echar una pinza el cangrejo Arco Iris?
Tinta, el hada añil
Como siempre, está haciendo travesuras. Raquel y Cristina deberán devolverla al puchero... antes de que sea demasiado tarde.
Violeta, el hada morada
No deja de dar vueltas. Hasta que el caballito del tiovivo corre a rescatarla.